MÉMOIRE JUSTIFICATIF

De Dame Suzanne PONS , Veuve de Charles-Joseph MONTLAUR , Marquis de MURLES ,

A SES CONCITOYENS.

J E prie les personnes qui voudront bien prendre la peine de lire ce Mémoire, d'avoir de l'indulgence pour une femme malheureuse qui est obligée de se justifier des fausses accusations qu'on lui impute et qu'on s'est plu à répandre dans le public, pour colorer les persécutions qu'elle éprouve de la part de ceux qui n'auraient jamais dû oublier les bienfaits dont elle les a toujours comblés de toutes les manières, et qui, non contens de la poursuivre injustement pour lui ravir un bien qui lui appartient légitimement , ont encore osé l'accuser d'expoliation ; elle a cru devoir détromper ceux qui auraient pu y ajouter foi. Que les personnes qui se sont permises d'accréditer dans le public , et sans connaissance de cause, des accusations qui auraient dû leur paraître au moins suspectes, apprennent en lisant ce Mémoire, qu'il est toujours dangereux de se livrer aussi légèrement à de pareilles imprudences ; j'ai cru qu'il était aussi de mon devoir de défendre la mémoire de feu mon mari des inculpations qu'on lui fait.

Le Tribunal de première instance m'a condamnée comme mandataire de feu mon mari, et comme n'ayant pas prouvé d'où j'avais eu l'argent pour faire mes acquisitions ; premièrement je n'étais pas mandataire de feu mon mari, et les preuves en sont assez claires ; secondement, j'ai démontré d'une manière évidente d'où j'avais eu l'argent pour faire lesdites acquisitions, puisque j'ai prouvé que c'était avec les revenus et les emprunts que j'avais faits ; et le tribunal qui m'a jugée comme mandataire, m'avait condamnée, six mois avant ce jugement, à payer quatre mille francs, qui avaient été empruntés et employés par moi pour le paiement de ces mêmes acquisitions, et il est même encore dû à M. Dardeliés avoué, la somme qu'il a payée pour la liquidation du jardin.

Depuis ce procès intenté, j'ai fait paraître un Mémoire, pour défendre mon honneur et mes acquisitions ; dix-huit mois se sont écoulés, sans que mon mari ait réfuté ce Mémoire ; ce n'est que quand la mort est venue le surprendre, que l'on fait paraître en réponse un Mémoire, qu'on a osé lui attribuer, ... j'avais toujours bien pensé, que mon mari n'était point l'auteur de cet ouvrage ; il était trop honnête homme pour se permettre une pareille diatribe contre celle qui a été constamment pendant sa vie l'objet de ses égards, de son affection et de sa tendresse. On a pu le faire plaider en apparence contre moi, mais lorsque je me suis défendue, il a gardé le plus profond silence jusqu'à son décès, pour me prouver par ce silence que je n'avais pas perdu son affection, et que ce procès n'était pas son ouvrage. Aussi n'ai-je jamais imputé à mon mari les tracasseries dont je suis l'objet, les pièces du procès et tous les écrits de mon mari prouvent assez que les acquisitions m'étaient réellement personnelles... comment se fait-il donc, que le premier juge leur ait même refusé la vraisemblance ; elle est cependant si évidente, qu'elle n'est pas même susceptible de controverse. L'autorisation qu'il me donna le 25 floréal an 12, à l'occasion d'un procès concernant le mur de clôture qui sépare mon jardin de la maison de la dame Bertrand, épouse Nogaret; et celle qu'il me donna seize mois avant ce malheureux procès, pour que le sieur Dardeliés régît mes affaires, prouvent évidemment qu'il n'a jamais regardé lesdites acquisitions comme lui appartenant ; mais où a donc pris le premier juge que je n'étais que simple mandataire de ces acquisitions ? le silence de mon mari aurait dû lui prouver le contraire ; il aurait dû penser et encore mieux voir que son silence était une réponse concluante.

Je ne puis m'empêcher de témoigner ici ma surprise ; le jugement rendu par le premier juge dans la cause des sieurs Ricard, contre les sieurs et dame Solier, était dans une hypothèse bien moins favorable que celle où je me trouve, puisque le mari avait possédé l'immeuble conjointement avec la femme; néanmoins, le jugement maintint celle-ci dans la propriété de l'immeuble, à la charge par elle d'en rembourser le prix; On trouvera, je pense, que le premier juge a été fort libéral envers mon adversaire, car il lui a accordé tout ce qu'il a demandé dans son Mémoire, et cela sans preuves, sans titres, et même sans aucune espèce de vraisemblance. On n'a qu'à lire le Mémoire de mon adversaire, et on verra que le premier juge a calqué son jugement sur ce Mémoire, et lui a accordé tout ce qu'il demande, immeubles, mobilier, restitution des fruits, de loyers, dépens, enfin jusqu'à mes titres; il me dépouille en entier, et me réduit à mendier mon pain, et il veut que je restitue; hé, avec quoi veut-il donc que je restitue, puisqu'il m'enlève tout? Quel motif ce premier juge peut-il avoir eu pour me condamner aussi injustement? Je l'avais récusé, mais d'une manière fort honnête; je lui écrivis, et le priai dans ma lettre de ne point être mon juge; je lui donnais des motifs qui ne pouvaient pas l'offenser; j'en ai gardé le brouillon que voici, et je pense que personne n'y trouvera rien qui est pu l'indisposer:

Monsieur le Président,

« J'aurais déjà eu l'honneur de me présenter chez vous
« à raison du malheureux procès qui m'est suscité par les
« MM. de Murles; mais vous aurez déjà jugé, M. le
« Président, que la maison que vous habitez ne peut que
« me rappeler aujourd'hui des souvenir douloureux, et
« m'exposer à des rencontres que je dois éviter; ces circons-
« tances seront mes excuses. Je chercherais inutilement,
« M. le Président, à vous exprimer toute la confiance que
« m'inspirent vos lumières, votre probité et votre esprit
« conciliateur, je ne fais que céder à l'opinion générale
« justement établie; mais, M. le Président, l'impossibilité
« où je suis d'avoir l'honneur de vous instruire, les rapports
« au contraire qui mettent mes adversaires à portée de vous
« nourrir à chaque instant des préventions injustes et conçues

« sans une connaissance exacte des faits, vous ont sûrement
« déjà fait prendre la même résolution que M. Peytal, qui
« m'a déclaré qu'étant mon locataire, sa délicatesse ne lui
« permettait pas d'être mon juge; je me permets de vous
« en écrire, bien convaincue qu'une âme aussi délicate ne
« pourra donner à mes sentimens qu'une interprétation
« digne de vous et de la considération avec laquelle

« *J'ai l'honneur d'être, Monsieur le Président,*
« *votre très-humble et très-obéissante servante.* »

Montpellier, 11 mai 18(9.

Je me suis vue enfin forcée à mettre sous les yeux du public
les injustes prétentions de mon adversaire; il va regarder, j'en
suis sûre, comme un attentat contre son mérite personnel,
que j'aie osé éclaircir la vérité de tout ce qui s'est passé
depuis le décès de feu M. de Murles, mon mari, tant pour
ce qui me regarde, que ce qui concerne feu mon pauvre fils.
Hé, il ne faudrait pas le connaître, pour n'être pas assurée
que sa prodigieuse délicatesse n'en soit choquée ! je ne
veux pas cependant l'imiter; car lorsqu'il parle de moi, il
en parle avec une rudesse, et avec je ne sais quel air de
hauteur que je ne saurais mettre au nombre des prérogatives
attachées à ses fonctions. Il n'aurait pas dû oublier que les
dames ne perdent jamais le droit d'être traitées avec respect,
et encore moins oublier que j'étais la veuve de feu son
père; mais il est si enflé de son prodigieux mérite, qu'il
ne met pas même en doute qu'on puisse lui résister. Je
ne m'oppose pas à la petite satisfaction qu'il se donne
de se croire infiniment supérieur à moi; encore moins

heurter un homme aussi puissant que lui ; mais je pense qu'il me sera permis de soutenir et de défendre mes droits, et encore moins souffrir qu'il m'accuse de choses dont il sait le contraire , puisqu'il n'a sûrement pas oublié que les diamans dont se parait feu madame sa mère , ont été vendus avec la toilette en argent , à feu M. Bazille , orfèvre, il y a environ trente-cinq ans , pour payer ses dettes, ainsi que la remise , qui fut aussi vendue à feu M. Allier , qui en était alors locataire , et le tout pour payer sesdites dettes. Je ne me suis donc ni parée , ni emparée de ces diamans , comme il le prétend ; et quand cela serait , personne ne trouverait extraordinaire que les diamans d'une première femme passassent à une seconde , puisqu'ils appartiennent au mari.

Il a aussi osé répandre que je l'avais empêché de prendre de l'argent de la vente des deux maisons dont madame la veuve Guy a fait l'acquisition ; il est vrai que j'avais refusé de signer, parce qu'il était juste et naturel qu'on me payât huit mille francs qui me sont dûs, de la pension que mon mari m'a laissée , et mes habits de deuil qui me sont encore dûs depuis le décès de mon mari , et qu'étant moi-même pressée par des ouvriers à qui je dois, et ayant de l'argent à prendre , il était bien naturel , je pense , que j'en voulusse pour me liquider envers eux ; mais mon adversaire ne peut pas dire que je l'aie empêché d'en prendre, puisqu'on me fit signifier un acte, et je fus obligée d'en passer par où ils voulurent , ce qui m'a valu de assignations de la part de mes créanciers . . . , et mon adversaire a cependant pris tout l'argent qu'il a jugé à propos de prendre au

détriment de ses créanciers , ce qu'on n'aurait pas dû
permettre ; je ne l'ai donc pas empêché d'en prendre , comme
il le prétend ; je ne l'ai pas empêché de vendre furtivement
pour 14 ou 15 mille francs de terres du domaine de Restinclières, à ce qu'on m'a assuré; si cela est , il a donc touché
dans l'espace de trois mois , plus de trente mille francs ,
non compris ses revenus. Il dit aussi que je lui avais fait
bannir ses revenus ; voilà les raisons avec lesquelles il paie
ses créanciers; mon adversaire conviendra au moins que ses
accusations ne sont pas dans la stricte règle de la probité, et si
mon adversaire avait été un peu plus capable de réflexion , il
n'aurait pas eu la témérité de hasarder la honte d'un mensonge;
et on peut dire ici que M. de Murles , mon mari, le connaissait
bien , quand il lui dit dans son Mémoire , en réponse à sa
lettre datée du 2 septembre 1806 , page 29 : « pour ce qui
« vous intéresse , rien ne vous coûte que de dire la vérité. »

Les lois ont été établies pour la sûreté des citoyens , pour
défendre leurs propriétés , contre la cupidité de ceux qui
voudraient la leur envahir , et pour protéger le pauvre , la
veuve et l'orphelin; l'intention du Souverain étant qu'on rende
indistinctement la justice à tous ses sujets , il n'entend pas
qu'on dépouille injustement le dernier d'entre eux, pour
adjuger à un autre ce qui ne lui appartient pas. Comment
le premier juge s'est-il permis de me condamner sur des
paroles jetées au hasard , et sur un simple Mémoire rempli
de citations sans preuves , et de faussetés sans vraisemblance ?
Où en serions-nous , si pour éluder les lois , il ne s'agissait
que de les transgresser ? Il est dit dans la loi de Moïse ; le
transgresseur de la loi sera puni de mort. On ne juge pas sur

une fausse apparence, ni sur des conjectures; elles ne sont pas suffisantes pour l'éclaircissement d'un fait, il faut dès preuves authentiques et incontestables, telles que je les ai fournies moi-même; et si l'on jugeait si légèrement du sort des hommes, à quels inconvéniens ne les exposerait-on pas? En un mot, il faut de bons titres pour prouver la vérité des faits; autre chose est de juger comme un juge, et de juger comme un simple particulier. A quoi ne serait-on pas exposé, si les juges ne se décidaient que sur des paroles, ou par de faux écrits? Il faut convenir que les fripons auraient beau jeu. On ne présume rien, la présomption est le fléau de la justice.

Mon adversaire s'est bien gardé de parler des déclarations; et lorsque dans le Mémoire qui fut signifié dans le mois de juin 1810, on les cite, il s'est bien gardé, dis-je, d'y répondre du vivant de son père, ainsi que des pactes de mariage; mais on ne fait parler mon mari que lorsqu'il n'est plus. Si les biens avaient été achetés pour mon mari, ou de l'argent provenant de lui, il aurait bien su répondre de son vivant, et mon adversaire n'aurait pas manqué, comme de raison, de lui en faire voir la nécessité; il a pourtant survécu dix-huit mois à ce Mémoire, sans avoir répondu, ni même rien dit; il était trop honnête homme pour avoir dit ce qu'on lui fait dire. Mais mon adversaire se soucie très-peu de le faire passer pour un homme de mauvaise foi, et pour un homme immoral; mais quand on a passé sa vie avec un homme, on doit nécessairement le connaître, et savoir ce qu'il est dans le cas de faire ou de dire; aussi je rends à mon mari la justice qui lui est due.

Quelle apparence, qu'il m'est donné pour acheter mes biens, puisqu'il fut obligé de céder à feu M. Paul, père, son ami, le moulin de Lafoux, qui était on ne peut pas plus, à sa convenance, puisqu'il se trouve à une très-petite distance du château, faute de pouvoir le payer ? il lui céda même, pour l'engager à en faire l'acquisition, un droit de mouturage, que lui, M. de Murles, avait sur ledit moulin, et lequel moulin rapportait alors huit cents francs de rente; un pareil mensonge est-il soutenable ?

On rapporte une déclaration de M. Arnissant, relativement à un emprunt, et qui dit, qu'il n'a fait que prêter son nom; qu'est-ce que cela prouve ? cela n'empêche pas que l'emprunt n'en ait été fait. Voilà ce dont j'ai toujours entendu parler; au surplus, il faut s'adresser pour cela à M. Caizergues, par les mains de qui tout cela a passé, qui l'expliquera mieux que moi, puisque c'était lui qui régissait alors les affaires de mon mari; pour moi je n'ai jamais régi les affaires de mon mari, comme on le prétend, excepté au fort de la révolution, pendant les treize mois qu'il fut incarcéré, où tout était saisi par la république. Le domaine de Restinclières et celui de la grange du Pin, n'était afferme que six mille cinq cents francs, le moulin de Prades neuf cents francs, la maison, à cette époque, ne rapportait que quatorze cents francs, le domaine situé dans la commune de Murles et Vaillauqués qui occasionne aujourd'hui le procès, n'était afferme que seize cents francs ; ce qui faisait en tout la somme de dix mille quatre cents francs de rente que mon mari avait alors; comment, après cela, mon adversaire ose-t-il dire que mon mari avait vingt mille livres de rente ?

Il fait aussi parler mon mari, comme étant fort attaché à ce domaine. Cela est également faux; car, lorsqu'il fut question de céder à l'État la portion de ses deux enfans émigrés, M. Caizergues lui ayant observé qu'il valait mieux céder la maison, ou le domaine de la Grange, à cause du nom, il répondit d'une manière très-énergique : f.... je m'en garderai bien, j'aime mieux céder ce domaine, et conserver les biens des aïeux de mon nom; car il est bon de vous dire, que ni mon père, ni moi n'avons jamais attaché un grand prix à ce domaine, qui ne me vient que du chef de ma mère; et ce qui va vous le prouver, c'est que, lorsque je perdis mon père, je vendis à M. de Vinezac, une partie de ce domaine pour achever de payer les légitimes de mes frères. Ainsi vous voyez donc que je n'en fais pas grand cas; et en conséquence ce fut alors que M. Caizergues eut l'idée d'en écrire à M. Gautier, avocat, pour lors à Paris, afin d'engager M. de Montlaur qui s'y trouvait aussi, d'en faire l'acquisition, en lui rendant compte de ce qui s'était passé. M. Gautier répondit que M. de Montlaur n'en voulait pas; alors il se vendit, à ce que je crois, aux deux personnes qu'on fait paraître sur la scène, comme étant les agens de M. de Murles, mon mari, que je ne connais pas même de vue, et par conséquent à qui je n'ai jamais parlé. Ils se laissent déchoir, faute de paiement. On en récrivit encore à M. de Montlaur; même réponse, c'est-à-dire qu'il n'en voulait pas.

L'on fait encore parler mon mari, et on lui fait dire qu'il avait mis ce domaine sur ma tête, à cause du temps où nous étions, crainte d'être inquiété. Non, ce n'est pas cela, c'est que son intention n'avait jamais été de l'acheter; voilà la véritable raison; et il en avait si peu d'envie, que l'ayant enfin déterminé à le racheter, et ayant éprouvé quelques difficultés, il ne voulut plus en entendre parler. D'où vient donc qu'il m'a laissé jouir si long-temps sans rien dire? Pourquoi ne s'était-il pas expliqué plutôt? On ne peut pas dire ici que la crainte l'en ait empêché; car assurément il n'avait rien à craindre à cette époque. Pourquoi m'a-t-il laissé passer deux baux à ferme publics, et vendre une coupe de bois, et toujours sans rien dire? D'où vient donc qu'il exigea de moi une déclaration pour Tarnier et Restinclou, qui était réellement pour lui; et lors de la déchéance des premiers acquéreurs de ce domaine, et que j'achetai pour lors, il m'en fit une à moi, comme cette acquisition ne lui appartenait pas. A voir l'acharnement de mon adversaire, on croirait réellement qu'il est ici question d'un domaine de sept à huit mille livres de rente, tandis qu'il ne m'en rapporte que deux de quitte; et s'il me rapporte cette modique somme, c'est à cause des défrichemens et plantations que j'y ai faits, ce qui m'a valu onze cents livres d'augmentation; et voilà pourtant huit ans qu'il me fait plaider pour cette chétive masure qui croule de par-tout, et qui est déjà mangée à moitié pour soutenir cet injuste procès, et qu'il avait, disait-il, mis sur ma tête, cette acquisition, parce qu'étant d'une naissance inférieure, je ne courais pas risque d'être inquiétée. Belle raison que cela! Il n'avait donc qu'à la mettre sur la tête de quelques parens de sa première femme.

Tous ces hasards de naissance ne font rien à l'affaire:

mon adversaire aurait dû avoir la prudence de ne pas toucher cette corde; car toutes ses jactances orgueilleuses auraient bien pu m'entraîner dans des détails qui auraient bien pu n'être pas tout-à-fait de son goût. Une femme n'a pas besoin d'une grande origine pour parvenir à toute sorte d'élévations: il s'en voit des exemples qui sont bien d'une autre importance; mais le respect que je dois à la mémoire de mon mari, m'ordonne le silence.

On dit aussi qu'il ne m'a épousée qu'à l'époque de la révolution: je m'étonne qu'on dise cela, puisqu'il n'aurait dépendu que de moi que cela se fît plutôt; et mon adversaire ne l'ignore pas, puisque le lui ayant fait dire par son frère Prade, il en eut une si grande peur, que ce fût pour lors qu'à sa prière je travaillai pendant huit mois, pour gagner son père à lui faire faire la donation, qu'assurément il n'aurait pas eue sans moi. Il me doit aussi d'avoir sauvé la fortune de son père à l'époque de la révolution, et il peut dire qu'il n'aurait pas à l'heure qu'il est un morceau de pain à mettre sous la dent, si cette plébéïenne n'avait pas épousé son père.

J'ai plus fait encore, j'ai augmenté la fortune de son père du temps qu'il avait ses terres à moitié fruit, en faisant faire des défrichemens et plantations, qui ont de beaucoup augmenté le revenu, puisqu'à mon départ de la maison de mon mari, il se montait à dix-sept mille livres de rente. Je ne l'ai donc ni appauvri, ni ruiné.

Que mon adversaire me permette ici de lui dire qu'il est un ingrat; que d'après les obligations qu'il m'a, il aurait dû tenir à mon égard une autre conduite, et ne pas flétrir la mémoire de son père, en lui faisant dire des choses qui ne sont pas d'un honnête homme : aussi il a attendu sa mort pour faire paraître ce Mémoire. J'avais si fort prévu ce qui arrive aujourd'hui, que je disais souvent à M. Martel, premier rapporteur : Monsieur, je vous en prie, demandez le bureau, faites-moi juger ce procès ; M. de Murles est d'un âge à ne pas pouvoir me flatter qu'il vive encore long-temps. Ce n'est pas avec lui que je plaide, c'est avec ses enfans, et je les connais assez pour pouvoir vous assurer qu'ils attendront sa mort pour faire paraître la réponse au Mémoire ; qu'ils le feront parler mort, et qu'ils lui feront dire toutes sortes de mensonges et de faussetés ; qu'ils hasarderont tout ce qu'ils pourront croire être à leur avantage, et M. de Murles ne pourra pas les démentir, vu que les morts ne parlent pas.

Mon adversaire fait un conte des sommes qu'il prétend que son père a mangé ; cela est à la vérité un vrai conte ; mais en conscience il devrait au moins en soustraire les sommes que ce pauvre père, qu'on fait toujours parler à son désavantage, a payées pour lui ; à qui j'ai toujours ouï dire que ce fils lui coûtait plus de cent mille francs, non compris dix-sept mille francs qu'il paya quand il prit son emploi militaire. Mon adversaire sait bien que, lorsqu'il venait en semestre, les revenus de son père ne suffisaient pas, vu la grande dépense qu'il occasionnait ; car la moitié du temps il n'avait pas de quoi faire aller sa maison. Je crois que ce qui arrive ici est le premier exemple, qu'un enfant ait répandu contre un père, en le faisant toujours parler, un Mémoire aussi diffamant à sa mémoire ; j'aurais

méprisé de répondre à toutes ces absurdités, si cela
n'était pour défendre un mari que sa probité, sa bonté
pour un fils ingrat devaient mettre à l'abri d'être flétri.
Ceci fera le pendant de sa lettre, et quiconque la
lira n'en sera pas étonné. Eh bien, moi, je le défends
ce mari si bon, si honnête; non, il n'était pas capable
d'accuser sa femme de toutes ces atrocités; oui, je le
défends; je le dois par attachement et par devoir.
Non, ce n'est pas toi qui parles, ta probité m'était trop
connue pour en avoir le moindre soupçon; et d'ailleurs un
honnête homme ne diffame jamais la femme qu'il a cru digne
de lui; s'il s'est trompé à son égard, il en souffre, mais
les lois de l'honneur lui ordonnent de se taire.

On voit bien que ceci était préparé depuis long-temps;
pauvre vieillard! on profitait de la faiblesse de ton âge,
pour éloigner de toi une femme qui t'aurait fait vivre trop
long-temps, et on eut encore l'adresse de te faire donner
quatre mille francs pour récompenser celle qu'on avait
chargé de la calomnier. Qu'on me permette, sans préju-
dice du respect qu'on doit à la mémoire des morts, de
dire librement la vérité. Comment feu M. de Montlaur
a-t-il osé dire que ce Mémoire était de son père, tandis
que c'était lui-même qui l'avait fait depuis le décès de ce
malheureux père, dont on ne cherche qu'à noircir la mémoire. Cet industrieux coupable a cherché à se faire des
monumens équipollens, et faire de l'incident le sujet prin-
cipal du procès; ses artifices sont si mal concertés, que
leur mauvais succès aurait dû les rendre aussi malheureux
que criminels. Comment cet homme s'est-il permis de

noircir et de calomnier la mémoire de son père, en lui attribuant un Mémoire qu'il avait fait lui-même, et lui faire dire dans ce mémoire des choses qui le déshonorent; voilà pourtant jusqu'à quel degré de témérité il a porté l'audace.

Mais comment a-t-il pu s'imaginer de réussir dans un projet aussi dénué de vraisemblance? Il se livre dans ce Mémoire à tout ce que la calomnie ait jamais enfanté de plus odieux; aussi, quand ce libelle parut, quoique je n'en eusse alors aucune preuve, je le reconnus bientôt à la touche de l'ouvrier. Mais cette idée de mandataire ne peut se soutenir, d'après toutes les preuves et tous les actes que j'ai fournis. J'opposerai encore à tous ces faits hasardés sans preuves, les déclarations et les autorisations de feu mon mari, qui prouvent et qui démontrent assez l'imposture de ces prétentions. Il est constant qu'il faut des titres valables à celui qui veut acquérir, et comment concilier les faits qu'ils articulent avec les actes que je présente? Y eut-il jamais une contradiction plus manifeste? On met en avant la déclaration du nommé Maumejean; cette pièce visiblement mendiée, n'a été donnée que depuis la contestation, et cette pièce ne prouve autre chose qu'une subornation manifeste, pour fortifier leurs calomnies et leurs prétentions: et qui connaîtra le sieur Maumejean, ne sera pas du tout surpris qu'il ait eu l'audace de se prêter à un pareil manége.

La vérité s'offre d'elle-même, elle est écrite dans les déclarations de mon mari, et la simplicité de la vérité sort du sein de ce monument; on ne peut pas la méconnaître, et ces pièces fortifient assez la fausseté des prétentions de mon adversaire; il a fait un grand effort pour chercher une preuve qui ne se présente point, et pour fortifier son mauvais raisonnnement; il se tourne d'un autre côté, et prétend que je suis mandataire, pour faire envisager comme un genre de preuve ce qui n'est qu'une friponerie manifeste; que n'appelle-t-il donc en cause celui qui a fait les acquisitions, et qui a aussi payé avec l'argent qu'il percevait, provenant de mes revenus, et avec les quatre mille francs que j'avais empruntés, et dont il existe pour ledit emprunt, un jugement rendu par le tribunal de première instance; celui-là seul peut éclaircir le fait; dès qu'il les a faites, il doit donc savoir s'il les a faites pour moi ou pour mon mari; et assurément cette personne ne peut pas lui être suspecte. Pourquoi donc ne pas l'appeler en cause? Ce n'est pas moi qui les ai faites, il faut donc interroger celui que j'en avais chargé, et alors on verra ce qu'il répondra.

Mais il fait en vain une grande dépense d'érudition pour le persuader; d'ailleurs, peut-on penser que mon mari m'eût laissé jouir tant d'années sans rien dire, si la chose était comme mon adversaire veut le persuader? Mon mari m'aurait-il laissé jouir dix ans sans rien dire? m'eût-il laissé passer des baux à ferme? m'aurait-il donné des autorisations? m'aurait-il enfin laissé vendre une coupe de bois? Je ne crois pas qu'on puisse le penser, et encore moins le croire; et tout-à-coup on vient me demander une chose dont il existe des titres qui prouvent la mauvaise foi du demandeur. Se vantera-t-il de voir son audace récompensée par le succès d'un premier jugement ? Il sait bien qu'il est injuste ; feu M. de Montlaur était trop éclairé pour ne pas sentir le faible de son raisonnement, et il voyait bien qu'on pouvait y répondre aisément ; mais il fallait un prétexte pour pouvoir me condamner ; il était donc inutile de faire une si grande dépense d'érudition, et un étalage qui ne tend qu'à noircir la mémoire de son père.

Eh, pourquoi aller porter, de propos délibéré, le mensonge et le faux, et aller troubler le repos des morts et criminaliser une ombre pour justifier d'injustes prétentions? Eh, pourquoi mettre sur le compte de cette ombre qu'il aurait dû respecter, des propos qui ne tendent qu'à déshonorer sa femme, et par conséquent le rendre lui-même méprisable ? Mais comment le premier juge n'a-t-il pas soupçonné l'infidélité de ce Mémoire ? N'y avait-il pas là un assez violent préjugé, qui ne peut avoir sa source que dans la corruption des mœurs ? et quiconque est capable de déshonorer la mémoire d'un père, est bien capable de s'approprier le bien d'autrui. Hé, comment, parce qu'un fourbe articule des signes équivoques, le juge doit-il se décider aussi légèrement ? Ce n'est pas le flambeau de sa seule raison qui doit l'éclairer, mais celui des preuves convaincantes ; toutes ces impostures sont si mal préparées, qu'elles n'auraient pas dû jouer heureusement ; l'honêteté publique est offensée et la religion blessée, la nature frémit et se révolte.

Mais comment cet homme qui avait reçu une éducation soignée, a-t-il pu mettre sur le compte d'un père, un libelle aussi déshonorant à sa mémoire, sans être déchiré toute sa

vie par le ver rongeur de sa conscience et éprouver des
remords qui en sont ordinairement les suites chez les personnes qui ne sont pas tout-à-fait perverties. Il aurait pu
se dispenser de nous prouver qu'il avait étouffé en lui les
sentimens que la nature a gravés le plus profondément dans
nos cœurs ; cependant, c'est dans ce Mémoire scandaleux
que se développe l'indignité de ceux qui lui font jouer une
intrigue aussi odieuse, en lui faisant dire des choses qui
le déshonorent ; mais on cherche en vain à en imposer,
c'est une idée qui révolte, et ce serait ébranler les fonde-
mens les plus solides de la société, si par la violence et
l'injustice on nous arrachait un bien qui nous appartient
légitimement. Comment le désir d'acquérir un bien qui ne
nous appartient pas, peut-il étouffer en nous les sentimens de la nature, et par cette injuste avidité nous porter
à fouler aux pieds les devoirs les plus sacrés? Unis tous deux
contre celui qui leur donna la vie, par les liens de la cupidité, ils ont oublié le respect qu'ils devaient à sa mémoire ;
eh, qui croirait que des sentimens qui ont été gravés dans
les tables de leurs cœurs, du doigt de Dieu même, pussent
s'effacer par la voie d'un intérêt injuste ?

- Mais afin de s'approcher de la question du procès, comment
se peut-il que le premier juge se soit permis d'adjuger une
chose sur la simple parole de quelqu'un, ou sur un simple
Mémoire, tandis qu'on oppose des actes par écrit? d'ailleurs
le premier juge ne pouvait pas adjuger à un seul la portion
des deux autres frères, puisqu'ils s'étaient désistés tous les
deux, lesquelles deux portions m'appartenaient de droit, puisque feu mon pauvre fils s'était désisté par acte, et M. de

Montlaur s'était aussi désisté deux ou trois jours avant le jugement ; on ne pouvait donc adjuger à mon adversaire que le tiers, les deux autres s'étant désistés, encore ne pouvait-il le faire sans commettre une grande injustice, et en laissant la loi de côté ; et quand même la loi m'aurait condamnée, on ne pouvait me condamner qu'au remboursement du tiers du prix des acquisitions, puisque les acquisitions ne peuvent jamais tourner au profit du mari. Cet orateur qui a fait de si grands argumens, aurait dû prévoir au moins que son Mémoire le démasque trop pour ajouter quelque croyance à ces plates fourberies ; et si les juges se décidaient aussi légèrement, ce serait ouvrir la porte à des conséquences dangereuses.

Les ambassadeurs représentent leurs souverains, et les bons titres, les droits des parties ; mon adversaire peut se vanter d'en avoir en prétentions et en paroles, encore n'en peut-il donner que de très-mauvaises, car il est impossible de rencontrer des preuves qui n'existent pas ; on n'est pas toujours le favori de la fortune, et on peut dire ici, que si elle y voyait clair, ce ne serait sûrement pas sur toi que tomberaient ses bienfaits. Pourquoi tant solliciter, pourquoi aller frapper à toutes les portes ? Il connaissait bien l'injustice et les difficultés à soutenir une aussi mauvaise cause ; mais il est vrai de dire qu'il compte beaucoup sur sa grandeur ; je la lui accorde, s'il le veut, à cause de sa taille avantageuse, il y a des choses qu'il n'est pas honorable de solliciter, et qu'il est même honteux d'obtenir. Il se targue aussi beaucoup de son crédit ; tous les estomacs ne se ressemblent pas, l'un digère une chose qu'un autre ne

saurait supporter, et toutes ses menaces ne m'épouvantent
pas; il y a des braves qui attaquent tout indistinctement,
et surtout quand ils n'ont rien à craindre, et tel est mon
redoutable adversaire.

Pour moi, je ne puis me vanter de mon crédit, puisque
je n'en ai pas; mais je me vanterai de ma probité, de mon
désintéressement, de mes sottises, de ma bêtise, de m'être
sacrifiée pour des ingrats et des gens de mauvaise foi; je
n'irais pas répandre dans le public, qu'on m'a volé des draps,
de la vaisselle, tandis que cela n'est pas; car si quelqu'un
m'avait fait de pareils larcins, ou j'aurais gardé le plus
profond silence, ou je les aurais attaqué ouvertement; mais
je n'irais pas sourdement semer dans le public de pareilles
faussetés, pour noircir et calomnier l'innocence, et surtout
des personnes qui auraient sacrifié pour moi leurs propres
intérêts, pour conserver ma fortune; je n'irais pas non plus
corrompre les domestiques pour calomnier une femme auprès
de son mari, afin de l'éloigner de lui; je n'irais pas aussi
donner de grands dînés pour faire des partisans, et monter
la cabale; je n'irais pas enfin faire mouvoir la populace
pour étayer le gain d'une mauvaise cause.

Tu as donc dit que j'avais voulu me rapprocher de toi;
cela prouve la différence qu'il y a entre nous; mais j'espère
que tu me connais assez, pour avoir pris cette démarche
pour de la crainte; je la fis pour tenter, s'il était possible,
de te rendre plus raisonnable envers mon pauvre fils, et
j'avoue qu'il n'aurait pour lors dépendu que de toi, qu'il
y eût eu des arrangemens, et j'aurais fait des sacrifices,
pour le mettre à l'abri de ton avidité, dans la crainte où

j'étais de le laisser à ta discrétion et sans secours, si je
venais à décéder ; que ne ferait-on pas pour ses enfans !
le cœur d'une mère pardonne aisément, lorsqu'il en résulte
un bien pour eux. Mais je te parle ici un langage que
tu ne saurais comprendre, et qu'on ne peut apprécier qu'en
ayant un bon cœur, et tu n'en eus jamais que pour tes
intérêts, et encore ne les connais tu pas, car ce n'est pas
les entendre que de commettre des injustices ; oui, je l'avoue,
je t'embrassai et sans proférer une seule parole, mais mon
silence t'en disait assez ; résolue d'oublier toutes tes persécutions, ma générosité aurait dû te faire rentrer en toi-
même ; mais adoucit-on les tigres ? on n'en priva jamais,
et malgré tout le bien qu'on pourrait leur faire, ils sont
toujours prêts à vous dévorer. Je n'ai plus de fils, tu le
sais, je puis donc tout braver sans craindre ton crédit.

Mon adversaire hasarde encore d'autres choses que je ne
saurais recevoir pour vraies, sans laisser noircir la mémoire
de son père ; il prétend que son père a laissé beaucoup de
dettes, cela est faux, c'est une imposture aussi odieuse que
grossière, puisqu'il est aisé d'en démontrer le contraire ;
feu mon mari n'a laissé d'autres dettes que celles dont l'acte
fut passé par-devant M. Péridier, notaire, dettes qu'il fut
obligé de contracter pour réparer des dégats occasionnés
par une force majeure dans des temps malheureux, et pour
réparer aussi des éboulemens qui se firent naturellement,
et pour une partie de la dot de madame sa mère, qu'il
fallut payer à l'état. Mais tout cela aurait été peu de chose,
si on n'avait pas laissé accumuler les intérêts ; et si mon
adversaire était de bonne foi, il conviendrait que lors de

son arrivée, je lui rendis compte moi-même de tout ce qui s'était passé depuis son départ, et lui conseillai en même temps de prendre des arrangemens pour terminer cette affaire ; je lui en indiquai même les moyens, et la chose aurait été très-facile, s'il avait suivi mes conseils ; mais comme il a les intentions non payantes, il a mieux aimé laisser croître les intérêts que de se liquider.

Il accuse aussi son père de n'avoir pas payé les intérêts de cette dette ; et comment voulait-il que son père pût continuer à les payer, puisque depuis son arrivée les revenus ne suffisaient pas, vu les grandes dépenses qu'il occasionnait. Son père avait pris des arrangemens pour se liquider ; mais son arrivée le mit dans l'impossibilité de remplir ses engagemens ; et si la dette s'est accrue, qu'il ne s'en prenne qu'à lui, puisque son père fut obligé de se séquestrer à la campagne, ne pouvant tenir à la dépense qu'il occasionnait en ville ; voilà le motif de sa première brouillerie avec son père ; il ne faut donc pas qu'il dise que son père a laissé beaucoup de dettes. Mais en vérité ce qu'il y a de plus étonnant, c'est qu'il ose s'aviser de parler de dettes ; et quand cela serait, est-ce que son père n'était pas le maître de faire de son bien ce qu'il lui plaisait, c'est bien à lui d'oser parler de dettes ; assurément, tout le monde voit assez le bon usage qu'il fait de la fortune que son pauvre père lui a laissée, fortune au surplus dont les revenus étaient presque augmentés d'une moitié en sus, depuis son absence ; et il peut dire qu'à son arrivée il a trouvé la fortune de son père, beaucoup plus considérable qu'elle n'était, malgré ce qu'il fut obligé de payer à l'état.

Voici les héritages qu'il a eus depuis environ sept ans :
l'héritage de son oncle Montlaur, l'héritage de son père,
l'héritage de son frère Montlaur, et la moitié de celui de
mon pauvre fils ; mais il a trouvé plus commode pour lui
de s'approprier aussi celui-ci en entier, sans même payer
aucune des dépenses que sa triste fin a occasioné. En voilà
donc quatre ; et depuis environ sept ans il a dévoré ou
dévore cette immense fortune, et ne paie personne, pas
même les pensions alimentaires dont il est chargé, et encore
moins les legs : car feu son oncle Montlaur a laissé neuf
cents francs de pension à son frère Saugras, qui n'a encore
reçu, à ce qu'on assure, que misérables neuf cents francs,
encore a-t-il fallu le faire citer, tandis qu'il dissipe impu-
nément à lui tout seul toutes ces fortunes. Il y a huit ans
que son père, pour un bien de paix, eut la bonté de lui
céder la jouissance en entier de toute sa fortune, et le
chargea de fournir à feu mon pauvre fils, la nourriture,
l'appartement, et de fournir aussi à son entretien. Je lui
demande s'il a rempli ses engagemens ? Il ne s'en est point
acquitté, car je fus citée au juge de paix par le sieur Roqueplan,
pour des souliers qu'il avait refusé de payer : et lors du
décès de feu mon mari, il refusa de répondre au tailleur
de ses habits de deuil, étant cependant nanti de ses droits
légitimaires ; et il me fallut moi-même les payer, ainsi que
bien d'autres choses.

Les avait-il payés lui ces intérêts ? qu'il réponde, s'il
l'ose, à cet interrogatoire ? En vérité j'admire l'impudence
de mon adversaire, d'oser blâmer son père de n'avoir pu
payer les intérêts de cette dette. Il sait bien qu'il ne le

pouvait pas; et quiconque est capable d'imaginer une série de faussetés et de mensonges , est bien capable d'autres choses. Il paraîtra, je pense, fort étonnant , qu'un homme qui a si peu de conduite dans l'administration de son bien , ose fouiller dans le tombeau des morts, et troubler le repos de cette ombre par de fausses accusations. Il faut être un accusateur aussi audacieux que lui , pour porter , de propos délibéré, le mensonge et le faux jusque sur les choses les plus claires. On ne peut pas au moins supposer que ce sont les effets d'une jeunesse bouillante , qui l'ont fait passer par - dessus les considérations qu'il doit à la mémoire de son père. Quel avantage peut - il retirer , mon adversaire , en bravant les bonnes mœurs et tous les sentimens que la nature a imprimés , en chassant la pudeur pour faire place à l'impudence ?

Mais comment se peut-il que M. Guillot se soit permis , en rédigeant ce Mémoire , d'insérer que j'avais voulu répandre cet écrit, lui qui aurait dû , et qui doit se rappeler que lorsque M. de Murles, mon mari, l'envoya prier de venir pour le charger de cette affaire, M. Dardeliés, avoué, lui dit qu'il ne croyait pas qu'elle eût lieu, puisque je faisais ce que je pouvais auprès de M. de Murles pour l'en empêcher. Il me paraît que , d'après cette preuve , il n'y a pas grande délicatesse de sa part.

Mais ce qui m'étonne encore plus ici, c'est M. de Montlaur, qui, témoin de toutes les peines que je me suis données pour empêcher la publicité de cet écrit, de toutes les bourasques que j'ai essuyées de la part de mon mari pour y parvenir , ait été capable d'une telle noirceur ; je lui dis même d'engager son frère d'écrire à son père pour lui faire des excuses, et que je me chargeais de lui remettre la lettre moi-même. Il n'aurait pu disconvenir aussi, que, faisant un dernier effort pour engager son père à le pardonner, je me jetai à ses genoux, lui présent, en lui disant que je ne lui demandais pour toute récompense de ce que j'avais fait pour lui dans des temps malheureux, que la grâce de son fils. Je ne rendrai pas compte ici des réflexions de M. de Murles, mon mari; mais M. de Montlaur ne devait pas l'avoir oublié.... Oui, que dira-t-on de M. de Montlaur qui, après une absence de dix-sept années, n'ayant pas même donné, dans ce long intervalle, à son père, le moindre signe de souvenir, pas même lorsqu'on lui écrivit que son père avait besoin de secours, que tous ses biens étaient séquestrés, qu'il n'avait rien pour vivre, et que M.me de Murles était obligée de vendre jusqu'à ses hardes pour le nourrir, il garda le plus profond silence? Et quelque temps après sa sortie des prisons, ayant eu une très-grande maladie, où il fut à toute extrémité, il ne donna pas même le moindre signe d'intérêt.

Mon adversaire dit que j'avais, depuis long-temps, dès avant mon mariage, des liaisons avec M. de Murles, mon mari. Il pouvait se dispenser d'alonger sa péroraison de cet article; car tout le monde sait depuis long-temps qu'il y en avait d'assez fortes preuves : il n'apprend donc rien qu'on ne sache aussi bien que lui. Mais si mon mari avait, comme il le prétend, depuis long-temps des liaisons avec moi, il devait donc me bien connaître; et comment a-t-il donc pu se hasarder à mettre des acquisitions sur la tête d'une femme d'aussi mauvaise foi, puisque je devais abuser de sa confiance? Pourquoi a-t-il hasardé à mettre sur ma tête des biens qu'il me croyait capable de garder pour moi? Cela doit paraître bien étonnant que, d'après une parfaite connaissance que l'on doit nécessairement avoir de quelqu'un qu'on connaît depuis si long-temps, et par conséquent capable d'abuser de notre confiance, on doit prendre, au moins à ce qu'il paraît, la précaution de se mettre à l'abri d'une telle tromperie. Pourquoi donc, si ces acquisitions étaient pour lui, n'a-t-il pas exigé une pareille déclaration à celle qu'il avait exigé que je lui fisse pour Tarnier et Restinclières? La preuve est on ne peut pas plus convaincante, qu'il aurait exigé une pareille sûreté pour ces objets, s'ils avaient été pour lui, puisqu'ils sont beaucoup plus conséquens.

Mais mon adversaire ne peut pas dire au moins que la maison de St.-Ruf et le jardin sont un ancien patrimoine de la famille, et qu'il veut le conserver. Avant que j'achetasse la maison St.-Ruf, le jardin avait été affiché deux fois faute de paiement. Assurément si mon mari eût eu envie, ou pu garder quelque chose de ces acquisitions, il n'aurait pas hésité entre le jardin et le moulin de Lafoux, puisqu'il rapportait huit cents livres de rente, et qu'il céda à feu M. Paul, comme je l'ai déjà dit plus haut, faute de pouvoir le payer.

Mon adversaire affecte toujours de dire que son père avait mis ce domaine sur ma tête pour le conserver, afin qu'il ne sortît pas de famille; mais il n'en était pas sorti; il y a apparence qu'il a oublié que je lui avais donné un frère qui était par conséquent fils de M. de Murles, son père tout comme lui, et par cette raison, il n'était donc pas sorti de la famille.

Mon adversaire prétend que la preuve que j'ai acheté pour mon mari est que, si cela n'avait été ainsi, j'aurais préféré acheter d'autres biens, qu'alors je n'aurais pas couru le risque d'être inquiétée. Mais le jardin et la maison n'ont jamais été dans son patrimoine ; cependant il ne laisse pas que de les revendiquer. Il a l'effronterie de dire dans son Mémoire que M. Caizergues n'avait acheté que d'accord avec M. de Murles, mon mari, et de compte à demi avec lui ; qu'il appelle donc M. Caizergues en cause, et on verra ce qu'il en dira. Si M. Caizergues, comme il le prétend, avait acheté pour le compte de mon mari, il aurait donc porté, dans le compte qu'il arrêta avec lui, lesdites acquisitions ; et si ces acquisitions avaient été faites pour lui, il n'aurait pas manqué de dire à M. Caizergues lors de leur arrêté de comptes : je ne vois pas ici le montant ni le produit des acquisitions que vous avez faites pour moi ; et mon adversaire qui, avant de signer l'obligation des comptes que M. Caizergues avait fait dans le temps de sa régie, et qui, avant de signer, avait gardé lesdits comptes près de deux mois pour les examiner ; s'il avait regardé lesdites acquisitions comme étant faites pour le compte de son père, il n'aurait pas manqué comme de raison, d'observer à M. Caizergues, comment il n'avait pas porté en compte, ni le montant, ni le produit des acquisitions qu'il avait faites pour son père ; et voilà pourquoi mon adversaire ne cesse de revendiquer ces mêmes comptes, parce qu'il voudrait anéantir toute espèce de preuves; mais cela est impossible, elles sont trop claires et trop nombreuses.

Enfin, lors du décès de feu mon mari, Messieurs les Pénitens bleus voulurent lui faire un service, et ayant délibéré de m'envoyer une députation pour m'en prévenir, il poussa l'animosité jusques à dire que s'ils le faisaient, et que je m'y rendisse, il sortirait de l'église dès que j'y serais entrée; il fit auprès de mon fils tout ce qu'il put pour engager Messieurs les Pénitens de ne pas m'y inviter; et sur la résistance qu'ils en firent, mon fils prit le parti de me prévenir de ce qui se passait, et m'engagea à ne pas m'y rendre pour éviter un esclandre qui n'aurait pas manqué d'arriver.

Au décès de feu mon pauvre fils, Messieurs les Pénitens voulant aussi lui faire un service, et ayant prêté à mon adversaire les armoiries qui avaient servi à celui de son père, ils les lui firent demander; il répondit d'abord qu'il les enverrait; mais ces Messieurs ne les ayant pas reçues les lui firent redemander; il répondit qu'il ne savait pas ce qu'elles étaient devenues, et cela afin de mettre des entraves. Il n'était pas content d'avoir tyrannisé le corps en ce monde, il voulut encore tracasser l'âme en l'autre.

Qui, moi, mon fils, ta mère céderait tes dépouilles ! à qui? à ton persécuteur, à un frère ingrat qui a poussé l'atrocité jusques à te refuser le nécessaire, jusqu'à t'hu-

milier, t'avilir, te réduire à lui mendier un misérable
morceau de pain, qu'il ne te donnait même qu'à regret,
tandis qu'il jouissait de ta fortune, qu'il t'enlevait ce que
la nature accorde à tous les hommes en naissant! ce frère
ingrat qui me doit son existence, ce frère qui en partant
donna les ordres les plus précis qu'on ne te donnât, sous
quelque prétexte que ce fut, que ce misérable petit écu!
oui, ce frère dénaturé eut la barbarie, lorsque tu gémis-
sais, malade dans ton lit, d'oser remettre dix francs à la
personne qui fut l'informer de ta situation, en lui disant
qu'il ne voulait plus rien donner, et osa même lui dire
de t'en faire faire un reçu ! Est-ce la conduite d'un frère?
c'est celle d'un barbare.

Enfin, ne sachant comment se défaire de toi, il fit, il
y a deux ans, le trait le plus dénaturé, oui, le plus dénaturé :
la dernière réquisition étant décrétée, mon misérable fils s'y
trouva compris ; étant déjà atteint de la maladie qui me l'a
enlevé, n'ayant aucun moyen pour l'en tirer, il fallut avoir
recours à celui qui lui retenait si injustement sa fortune.
L'embaucheur et l'homme que mon fils avait arrêté pour
le remplacer, vinrent se présenter chez moi ; je leur dis
que n'ayant aucun moyen, je ne pouvais prendre avec eux
aucun engagement solide, mais qu'il fallait s'adresser à son
frère, qui dépositaire de sa fortune, ne pouvait se refuser
de payer ce dont ils étaient convenus avec mon fils, et que
mon fils le lui tiendrait en compte; je leur recommandai de ne
pas lui dire qu'ils m'eussent parlé, mais bien son frère qui
les lui envoyait. Ils y vont, ils lui disent ce dont il est
question, il leur répond qu'ils n'ont qu'à s'arranger avec

son frère, et qu'il payera ce dont ils seront convenus; on vient me le dire, j'avoue que je fus bien surprise qu'ils n'eussent trouvé en lui aucune difficulté ; mais je restais convaincue qu'il fallait qu'il y eût quelque raison, à moi inconnue, qui l'eût déterminé ; quoiqu'il eût promis, je n'étais cependant pas tranquille, j'avais un pressentiment qui ne me laissait aucun repos ; on présente le remplaçant, il est admis, on le fait inscrire;.on y retourne, il fait dire qu'il est sorti ; deux jours se passent sans pouvoir le joindre, nous n'avions que quelques jours, je dis à ces gens-là, qu'il fallait se poster près de la maison, et l'attendre là jusques à ce qu'il rentrât; et lui dire que tout était arrangé avec son frère, qu'il n'y avait qu'à payer, et qu'il partirait le sur-lendemain, voici sa réponse : dites à mon frère, que je ne payerai rien, s'il ne signe l'acte qu'on lui présentera; s'il ne le signe pas, je ne veux rien payer. Ils viennent m'apprendre cette décision; non, leur dis-je, il ne le signera pas; il lui donne donc le choix entre la misère et la mort; non, traitre, il ne le signera pas, et ne partira pas; il lui reste une mère, elle saura le défendre ; elle saura déjouer, tes projets infernaux. J'étais malade, je me lève, je cours chez mon fils, je lui dis : sois tranquille, mais surtout ne signe rien, viens chez moi, tu n'as rien à craindre, je te réponds que tu ne partiras pas; j'apprendrai à ce tigre, ce dont est capable une mère pour défendre son fils; demain tu iras faire rayer l'homme, et je te réponds que tu ne partiras pas; ah ! il voudrait donc te faire périr, pour s'emparer de tes dépouilles ! je saurais l'en empêcher; il voudrait donc réduire son frère et la veuve de son père, à la plus

affreuse misère ! Voilà donc le fruit de tous mes bienfaits,
et pour mettre le comble à son ingratitude, il voudrait te
sacrifier pour s'emparer de tout. Je ne suis plus surprise s'il
n'a jamais voulu entendre parler d'aucun arrangement ; mais
la réquisition n'ayant pas eu lieu, mit fin à un dénouement
qui aurait bien pu devenir sérieux.

C'était encore moi qui fournissais à mon pauvre fils tout ce
dont il avait besoin ; j'étais bien aise de saisir cette occasion
pour tenter encore d'en venir à un arrangement. Je fus chez
M. Capblat, je lui racontai ce qui s'était passé ; je le priai
de vouloir bien se charger d'amener, s'il était possible, ce
tartare à quelques accommodemens ; je lui exposai que je ne
pouvais plus fournir à mon fils, qu'il m'avait fallu payer
pour Toulon la taxe qu'on avait mise sur lui, que toutes mes
ressources étaient épuisées ; qu'on ne me payait rien, ni
pension, ni intérêts de dot, qu'on ne m'avait pas même
encore payé mes habits de deuil, et que pour me mettre
encore plus dans la détresse, il me faisait bannir mes
petits revenus, que les frais auxquels j'étais obligée de
fournir pour les ôter, me les réduisaient à une très-modique
somme, que par cette raison manquant moi-même de tout,
il m'était impossible de fournir aux besoins de mon fils.
Je le priai, s'il était en son pouvoir, de faire entendre raison
à cet homme injuste ; je lui dis que je consentais à lui
abandonner les droits de mon misérable fils, pour une modique
pension de dix-huit cents francs, sa vie durant ; qu'il payerait
aussi ses dettes qu'on pouvait éteindre pour cent louis ou
mille écus tout au plus ; que je me chargeais de donner à
mon fils les petits meubles qu'il avait demandés ; que je

ne pouvais être plus raisonnable, puisque je faisais abandonner tout à mon fils, pour cette modique somme. M. Capblat voulut bien avoir la bonté de s'en charger; en effet, on commença d'entrer en pourparler ; ce frère injuste ne voulut donner que seize cents francs.

Il y avait déjà quelque temps que cela traînait, sans pouvoir parvenir à lui faire entendre raison ; j'étais encore malade ; ne pouvant aller moi-même chez M. Capblat, je dis à mon frère de s'y transporter, de lui dire qu'il m'était impossible à l'avenir, de fournir à mon fils la moindre des choses, que je le priais d'obtenir une provisionnelle , à raison de seize cents francs, comme on avait offert, en attendant l'arrangement difinitif; que je fournirais à mon fils tout le mois d'avril, mais que passé cette époque , il m'était impossible de le faire. M. Capblat voulut bien encore prendre cette peine, et après beaucoup de difficultés , il obtint un misérable petit écu. Enfin, ce frère inhumain partit pour Paris sans avoir pris aucun arrangement, et en partant il laissa les ordres les plus précis à son procureur-fondé , pour me bien tracasser , et faire toujours donner des bannimens , et surtout ne rien donner de plus à son frère. Voilà la triste situation où était réduit mon pauvre fils, tout malade qu'il était, ayant une fortune assez honnête , tandis qu'il se gorgeait lui-même au dépens de ce pauvre malheureux; et malgré ma détresse , j'étais obligée de fournir à tout , excepté quelques vêtemens que son procureur-fondé voulut bien prendre sur lui de fournir, pour ne pas le laisser périr de froid. Oh ! mon fils , dans quel état étais-tu réduit; n'osant seulement pas te plaindre , crainte que ton persécuteur ne fit encore pis !

Enfin, portant déjà depuis long-temps dans son sein, le germe destructeur qui me l'a enlevé, il y avait trois mois qu'il avait du dégoût pour toute espèce d'aliment; aucune idée ni même aucune crainte, ne me portait à croire que bientôt je n'aurais plus de fils; le malheureux s'alite, conservant jusqu'à son dernier soupir, toute la force et toute la vigueur de la plus brillante santé. Le samedi au matin je m'habille pour aller chez lui; on m'arrête, on me dit qu'il avait passé une mauvaise nuit, qu'il avait besoin de repos, qu'il s'était endormi, qu'il fallait le laisser reposer, que le soir je pourrais y aller, que peut-être il serait un peu mieux; je me laisse persuader sans avoir le moindre soupçon qu'on cherchât à m'éloigner. Le malheureux demande sa mère, et paraît étonné de mon absence; on lui dit que j'étais un peu indisposée; il me demande encore, même réponse. Enfin, on lui dit que j'étais un peu mieux, qu'il me verrait le lendemain; il demande si sa mère n'est pas encore venue, on lui répond, elle sera ici dans une heure. Le moment d'après M. le curé entre, lui annonce la mort; il pâlit, et se résigne de suite. Oh! mon fils, tu as voulu que ta mère pardonnât à tes ennemis! Dites à mère que je la prie de pardonner tout ce qu'on m'a fait souffrir; dites-lui que je la prie de ne pas refuser à son fils mourant, la dernière grâce qu'il lui demande; dites-lui que son fils a été induit à erreur, que mes yeux ne se sont ouverts qu'au moment où ils vont se fermer; que je meurs ayant pour elle la plus grande tendresse et le plus profond respect; dites-lui que je meurs avec les sentimens de religion qu'elle m'a toujours inspiré, et que je l'en remercie; je vous prie aussi de lui dire que j'ai fait mon testament, que connaissant son désintéressement, j'ai pensé qu'elle ne trouverait pas mauvais que j'eusse partagé ma fortune ; j'ai cru que cela pourrait amener quelques rapprochemens, que celui à qui j'en ai donné la moitié, verra que je ne méritais pas qu'il me traitât aussi injustement; ma mort et celle de mon autre frère pourront lui faire quelque impression et le rendre plus raisonnable.

Oh ! mon fils, tu jugeais de son cœur par le tien, tu ignorais qu'au moment où tu lui donnais des marques de ta générosité, il t'avait déjà refusé la sépulture, tout vivant que tu étais encore ! Pauvre infortuné, tu as prouvé que l'honnête homme peut s'égarer un moment, mais qu'il ne meurt jamais coupable; tu veux donc que je pardonne à tes ennemis, je les pardonne, puisque tu le veux ! Comment ont-ils pu te faire tant de mal, toi qui les aimais tant ? Comment ont-ils pu te tromper, toi qui avais tant de confiance en eux ?

Cinq quarts d'heures avant de rendre le dernier soupir, il dit à la personne qui était auprès de lui ; dites à ma mère que je la prie de me faire porter auprès de mon père. Je priai une des personnes qui était auprès de moi, d'aller prévenir celui qui était chargé de la procuration de son frère, de la demande de mon fils, de lui dire que je le priais de donner des ordres, pour qu'on préparât ce qu'il avait demandé; il répondit qu'il ne le pouvait pas. J'ai su depuis, qu'on lui avait écrit que son frère était malade, et qu'il avait recommandé que s'il venait à décéder, de ne pas le laisser porter à Restinclières. C'est une prévoyance un peu étonnante ; comment pouvait-il s'imaginer qu'une maladie qui ne pa-

raissait dans le principe qu'une simple indisposition, pût
enlever de suite un garçon de cet âge, bien constitué? car
jusques à son dernier moment, il a conservé toute la force
de corps et d'esprit, comme l'homme qui jouirait de la
plus parfaite santé. Il y a apparence qu'il avait lu dans le
livre des destins, que la parque devait bientôt trancher le
fil de son existence ; assurément on peut dire qu'il a été
reconnaissant des bienfaits de ce frère trop généreux, qui
n'a pas laissé de lui donner la moitié de son bien, malgré la cruelle conduite qu'il a toujours tenue à son égard ;
et il a poussé l'inhumanité jusqu'à lui refuser une sépulture qu'il n'avait même pas le droit de lui refuser, puisqu'on
a toujours droit au tombeau de ses pères !

Oserais-tu garder un bien dont le dernier trait te rend
indigne ? Quiconque refuse la sépulture, n'a point de
droit à l'héritage. Oh ! mon fils, tu n'as donc pu échapper
à ta malheureuse destinée ! on t'éloigne de moi, ta cré-
dulité t'a rendu la victime de ses cruels projets !... Tu l'as
donc poursuivi jusques au tombeau ! La mort n'a pu le
mettre à l'abri de tes poursuites ! tu envies même jusques
à la pierre qui couvre les restes de cet infortuné ! Que
crains-tu ? Que la postérité n'apprenne ses malheurs ? Eh,
toi aussi, tu vivras dans l'histoire, je me charge de t'im-
mortaliser !

Eh toi, dont la main bienfaisante a secouru le plus malheureux des mortels, qui, malgré tes talens, ton savoir,
ton génie, et les soins généreux que tu lui prodiguas, n'as
pu arracher à sa funeste destinée le fils de la plus infortunée des mères ; toi, chez qui l'indigence trouve des soins

et des secours (1), fasse le Dieu de bonté et de justice, que ta postérité, ainsi que toi, soient récompensés de tout le bien que ta générosité ne cesse de verser sur tous les malheureux! O cruelle mort, qui moissonnes tout indistinctement, jeunesse, santé, vigueur, que ne frappes-tu cette mère infortunée, plutôt que la réduire à traîner une vie aussi languissante que malheureuse !!!

Mon adversaire cite, au commencement de son Mémoire, un écrit qui contient, à ce qu'il prétend, des détails et des circonstances de fait, dont les exposans voudraient perdre, dit-il, le souvenir, et qui ne se retraceraient, dit-il encore, sans doute que péniblement, à celui de la dame Pons qui fait semblant de les ignorer ; et il s'arrête là.

Il fallait donc qu'il s'expliquât plus clairement ; a-t-il voulu parler de la donation que je lui fis faire par son père, au détriment de mon pauvre fils? A-t-il voulu parler de sa première brouillerie avec son père, et des peines que je me donnai pour le faire rentrer en grâce? A-t-il voulu dire que j'empêchai son père de répandre la réponse à sa lettre datée du 2 septembre 1806, et des peines que je me donnai encore pour obtenir une seconde fois son pardon? A-t-il voulu parler des obligations qu'il m'a, d'avoir sauvé la fortune de son père à l'époque de la révolution? A-t-il voulu dire enfin, que j'avais augmenté cette fortune par toutes les peines et soins que je me donnais pour y parvenir? Non, je n'ai rien oublié de tout

_____

(1) M. Roucher, habile médecin, de Montpellier.

cela; non; je n'en ai pas perdu le souvenir comme toi, et encore moins le souvenir de ton ingratitude, et de toutes les calomnies dont elle a été suivie; non, je n'en ai pas perdu le souvenir.

Pour ce qui est de l'expoliation, dont tu oses m'accuser, je te renvoie à la quarante - unième page du Mémoire de ton père, où il t'accuse d'avoir dévasté sa maison; et tu oses m'accuser, dans ton Mémoire, d'escroquerie! Non, je n'ai jamais extorqué personne; c'est toi, qui m'extorques la pension que mon mari m'a laissée; c'est toi, qui voudrais m'extorquer ma misérable dot; c'est toi, qui m'extorques la fortune de mon pauvre fils, fortune que tu aurais dû me rendre du moment de son décès; c'est encore toi, qui m'as extorqué tout ce que j'avais laissé dans la maison de mon mari, étant obligée de venir en ville, pour cause de maladie occasionnée par tes mauvais traitemens; et je puis dire que j'en suis sortie toute nue; tu m'as gardé jusqu'à la montre dont se servait ton père, et qui m'appartenait; rends-moi aussi tout ce que j'ai vendu à l'époque de la révolution pour nourrir ton pauvre père, et pour sauver aussi sa fortune. Appelle, si tu l'oses, es anciens domestiques, et ils diront comment je me suis conduite à cette époque, ainsi qu'après; et tu voudrais encore me chasser du seul asile qui me reste, et m'enlever jusqu'à un morceau de pain, et cela pour avoir le plaisir de le dissiper!! Tu sais bien que cela ne t'appartient pas; n'es-tu pas content d'être la cause de ma ruine, par toutes les dépenses que j'ai été obligée de faire pour fournir aux besoins de ton pauvre frère; et pour me défendre contre

tes injustes prétentions ?..... Achève d'épuiser sur moi
ta rage et ton venin; je ne crains ni toi, ni tes suppôts;
je te défie de me faire trembler,.... Va, accusateur sans
preuves, calomniateur sans faits; non, je n'en ai pas perdu
le souvenir, ainsi que d'autres choses; elles me coûtent
trop cher pour pouvoir les oublier.

Veuve DE MURLES.

À MONTPELLIER,

Chez TOURNEL Frères, Imprimeurs de S. A. R. MONSEIGNEUR,
Duc d'Angoulême, Rue Aiguillerie, N.° 43.

1817.

www.ingramcontent.com/pod-product-compliance
Lightning Source LLC
Chambersburg PA
CBHW060859180626
46818CB00004B/1775